L'AVENTURE SOUS LE TROTTOIR

CLAIRE EAMER   **THOMAS GIBAULT**

Texte français d'Hélène Pilotto

Les illustrations de ce livre sont des peintures numériques.
Le texte est composé en caractères Filosofia 26 points.

Catalogage avant publication de Bibliothèque et Archives Canada

Eamer, Claire, 1947-
[Underneath the sidewalk. Français]
L'aventure sous le trottoir / Claire Eamer ; illustrations de Thomas
Gibault ; texte français d'Hélène Pilotto.

Traduction de : Underneath the sidewalk.
ISBN 978-1-4431-4637-1 (couverture souple)

I. Gibault, Thomas, 1982-, illustrateur II. Pilotto, Hélène, traducteur
III. Titre. IV. Titre: Underneath the sidewalk. Français.

PS8609.A53U6414 2016   jC813'.6   C2016-901615-3

Édition publiée par les Éditions Scholastic, 604, rue King Ouest, Toronto (Ontario) M5V 1E1 CANADA.

5 4 3 2 1 Imprimé en Malaisie 108   16 17 18 19 20

Pour un petit garçon à Whitehorse, qui avait peur des fentes sur le trottoir, et pour Patrick qui jouait avec de nombreuses bêtes.
— C. E.

À Sanam-joon.
— T. G.

Vite! Courons, tournons, sautillons!
Je vois le parc à l'horizon.

Mais sur le trottoir, plein de fentes…
mystérieuses et terrifiantes…

Celle-ci, mince et très longue,
conduit à un autre monde.

Ne glisse surtout pas sur le trottoir
pour ne pas tomber dans un trou noir.

Tout au fond, dans l'obscurité,
se cachent de gros monstres affamés.

Leurs griffes et leurs dents claquent.
Sous la rue, ils nous traquent.

Une fois au parc, plus de danger.
Je peux courir, sauter, jouer.

Aucune fente, aucun monstre.
Je me cache et maman compte.

Je me balance très haut.
Je vole comme un oiseau.

Nous rions, jouons, sautons.
Quelle belle journée nous passons!

Il faut rentrer, car il est tard.
On reprend le même trottoir.

Courons, sautillons! Attention!
Je glisse dans une fente sans fond.

Aïe! Que de bosses et de bleus!
L'atterrissage est douloureux.

Oh là là…

À gauche, à droite, le noir est partout.
Je suis tombée chez les monstres fous.

Mais je n'entends aucun bruit.
Peut-être sont-ils endormis…

Je vois alors des YEUX!

De grands yeux, de petits yeux,
des yeux vraiment très nombreux.

Des yeux rouges et des yeux verts,
des yeux méchants, des yeux sévères.

Des yeux ronds, des yeux fâchés,
des yeux dans l'obscurité.

Je vois de grandes et de petites bêtes
avec des griffes et de grosses têtes.

Leurs yeux luisent et leurs dents brillent,
leurs queues fouettent l'air et frétillent.

Leurs griffes pointues grattent le sol
et leurs yeux effrayants m'affolent.

Je sens un souffle dans mon cou.
Les griffes et les yeux sont partout.

Ils sont là-bas, ils sont ici…
Je respire et pousse un grand
CRI…

ARRÊTEZ!

S'il... s'il...
s'il vous plaît.

Soudain, plus un œil, plus un bruit.
Les griffes se cachent, les monstres
aussi.

Les voilà tristes et hésitants.
Peut-être ne sont-ils pas méchants…

Dissimulant bien son effroi,
un petit monstre dit à mi-voix :

— Bonjour, veux-tu jouer?

Je souris de toutes mes dents.
Eux aussi sourient largement.

Nous jouons avec entrain
dans leur repaire souterrain.

Les racines sont nos glissoires
et aussi nos balançoires.

Je compte et ils courent se cacher
dans les coins sombres et les cavités.

En compagnie de ces gentilles bêtes,
sous le trottoir, nous faisons la fête!

J'ai tellement joué et sauté
que je suis vraiment épuisée.

Mes amis me hissent jusqu'en haut.
À la surface, le ciel est beau.

— Maman!

Vite! Courons et sautillons!
Retournons à la maison.

Je n'ai plus peur des fentes
obscures.
Sous le trottoir, c'est l'aventure.

Dans leur repaire, bien à l'abri,
se cachent mes nouveaux amis.

Je retournerai les voir
dans leur tanière toute noire.

Sous le trottoir, que de fous rires,
et de bons moments de plaisir!